AF318201

LE
CHATEAU INCENDIÉ,

CONTE

QUI N'EST PAS BLEU.

Par F. M. GARNIER,

Membre de plusieurs Sociétés littéraires.

DE L'IMPRIMERIE DE LOTTIN DE S.-GERMAIN.

~~~~~~~~~~~~~~~~~~~~~~~~~~~~~~~~~~

LE

CHATEAU INCENDIÉ,

CONTE

QUI N'EST PAS BLEU.

~~~~~~~~~~~~~~~

D'un État malheureux le lâche usurpateur,
Consommé dans l'art des Tibères,
Sur les Enfans et sur les Pères
Exerçait son art destructeur.

DORAT.

Il y avait autrefois un vieux Château dans une province de l'ancienne Gaule. Les habitans de la châtellenie, liés entre eux par des intérêts communs, possédaient chacun héréditairement un lieu séparé, et avaient une profession différente ; tous vivaient en bonne intelligence avec les voisins.

Quelques architectes de ce vieux manoir conçurent, dans de bonnes intentions, l'idée d'une nouvelle reconstruction plus conforme au goût du siècle, sur les bases des premiers fondemens. Ce nouveau plan idéal souriait à leur imagination, et semblait devoir réunir tous les avantages. Ils le communiquèrent au châtelain, qui l'admira et le soumit à son conseil.

Bientôt il fut répandu dans le public et fixa tous les regards, comme une jolie conception, trop loin de la possibilité pour mériter une sérieuse attention.

Cependant des ouvriers exaltés par les idées de la nouveauté, inquiets d'ailleurs de leur nullité, turbulens par ambition, sans moyens d'exécution, s'emparèrent de tous les détails du nouveau plan, le commentèrent selon leur petite capacité, et s'attachèrent à déverser le ridicule sur les anciennes formes du château, et sur les incommodités que les habitudes avaient empêché de soupçonner. Ils crièrent par tout à l'imperfection, à la nécessité de le démolir, de le raser par ses fondemens, et de le reconstruire sur un nouveau plan que chacun serait appelé à rectifier.

Les plans de reconstruction se multiplièrent à l'infini ; chacun en avait un nouveau à produire selon ses goûts et ses vues. Les idées de l'ignorance la plus extravagante se répandirent sur-tout parmi les moins bien logés et les plus mal vêtus. Ils se rassemblaient et disaient entre eux, que nous importe l'architecture , nous démolirons, nous, nous chasserons les architectes , nous crierons contre eux , et nous nous approprierons leurs talens et leurs fortunes

La fermentation augmenta rapidement, et devint bientôt générale. Les architectes s'en aperçurent; ils employèrent tous leurs moyens ; ils firent des efforts inouis pour arrêter la destruction; mais les ouvriers trop nombreux , indisciplinés , ne pouvant soutenir la lutte des principes de l'architecture , ni être contenus, menacèrent les architectes, les dispersèrent, et résolurent de mettre le feu au château. L'incendie fut long et horrible ; le désordre qui l'accompagna favorisa les crimes les plus odieux.

Le châtelain et les architectes s'unirent pour éteindre les flammes , mais ils y furent précipités par les incendiaires. Pendant l'incendie , les uns s'emparèrent de l'argent, d'autres s'approprièrent les meubles, d'autres enfin prirent les habits brodés, dont ils se revêtirent.

L'alarme se répandit chez les voisins de la châtellenie qui craignaient pour leurs maisons. Ils vinrent pour arrêter le progrès des flammes : « Ne vous mêlez pas de nos » affaires, leur crièrent les insensés, nous » entendons être maîtres chez nous, il » nous plaît de brûler nos maisons, ceci » ne vous regarde pas ».

Comme ces hommes étaient alors dans un accès de rage délirante qui les rendait extrêmement dangereux, les voisins se contentèrent de prendre des précautions contre la communication des flammes, et abandonnèrent ces malheureux à leur propre fureur.

A l'étonnement de tout le monde, le ciment du vieux château résista à l'action de l'incendie; on le vit entièrement dans son antique forme, indestructible comme un rocher que les foudres ont noirci, mais qu'elles n'ont point entamé.

Alors on vit paraître cinq entrepreneurs désignés pour avoir puissamment concouru au tumulte, et pour être les

plus capables de conduire les grands travaux que l'on s'était proposés. Rendus
adjudicataires, à grands frais, de l'ad-
ministration des domaines de la châtellenie et de la réédification du vieux
château, on crut, un moment, que cette
entreprise amenerait la paix parmi les
manœuvres et les compagnons, et que
chacun rentrerait dans les devoirs de sa
profession ; mais les entrepreneurs con-
servaient les matériaux de mauvaises
qualités ; ils en avaient même fait arriver à
pied-d'œuvre de plus mauvais encore, tel-
lement que le tumulte recommença comme
dans les premiers jours de l'incendie. Ils
voulurent nonobstant se maintenir dans
l'entreprise ; ils prirent, à cet effet, des
mesures violentes contre ceux qui dé-
montraient l'impossibilité de l'emploi ; ils
firent, avec des affidés, une irruption
dans le lieu des travaux, dispersèrent les
ouvriers, et enlevèrent ceux qui s'étaient
trop ouvertement opposés à l'exécution
de leur plan.

Cette conduite produisit une nouvelle
terreur qui ne put cependant arrêter les

murmures. Il en résulta, de la part des entrepreneurs , de l'indécision sur les moyens d'élever convenablement l'édifice. Les ouvriers , semblables à ceux qui , dans leur orgueil, voulaient élever la tour de Babel , pour communiquer avec la Divinité , ne purent s'entendre ; ils s'entregorgèrent. Il fallut songer à des entrepreneurs plus expérimentés.

Ce fut alors que l'on vit arriver du pélerinage de la Terre-Sainte un compagnon qui avait figuré dans les premiers désordres.

C'était un petit homme , sec et mince , d'une figure bazanée , qui n'était point né sujet de la châtellenie , mais que l'on savait y avoir appris le dessin dans les écoles gratuites ; il parla de ses premiers essais , du pélerinage avantageux qu'il venait de faire en faveur de la châtellenie ; il se présenta pour la mise à prix des travaux qui devaient s'adjuger , annonça qu'il saurait classer les ouvriers selon leur capacité , donner à l'édifice la solidité , l'aplomb nécessaire , et à ceux qui concourreraient à ce grand œuvre, le caractère de leur haute destinée.

Comme en effet il avait joué son rôle, qu'il avait fixé l'attention dans l'incendie, il appela autour de lui ses camarades d'études en architecture, chassa (avec eux), les nouveaux architectes et leurs manœuvres, retirés dans une des fermes de la châtellenie, se fit nommer, conjointement avec deux compagnons toiseurs, qui s'étaient aussi fait remarquer dans l'embrâsement du château, et déclara en principe que tous avaient bien mérité de la châtellenie.

Les choses restèrent quelques temps dans cet état ; mais le petit homme, né turbulent et ambitieux, éloigna ses deux adjoints, auxquels il conserva la qualité de grands toiseurs, et se proclama seul et unique architecte.

Il endossa aussitôt l'habit du châtelain, dont aucun n'avait encore osé se revêtir ; il promit de rétablir le château sur de nouveaux plans, à la satisfaction de tous les habitans de la châtellenie. On rit d'abord du nouveau travestissement, on haussa les épaules ; peu-à-peu on s'y accoutuma, parce qu'il savait sévèrement punir,

ou généreusement récompenser les ins-
pecteurs de ses travaux.

L'espérance du mieux attacha les uns,
le gain encouragea les autres, et on finit
par lui obéir aveuglément.

Il s'occupa en effet de réparer l'édifice ;
il conserva les murailles restées intactes ;
il les enduisit d'une nouvelle couleur,
consulta les anciens plans pour étendre
les réparations, au point qu'il fut admiré
et proclamé, par son conseil, LE GRAND
ARCHITECTE.

Les habitans silencieux de la châtellenie
s'aperçurent cependant que si les appar-
temens du château avaient changé de
maître, le bâtiment n'avait point changé de
forme. Le petit homme qui n'avait jamais
possédé une cellule, devenu gras et grand
architecte, trouva que ces mêmes ap-
partemens étaient trop petits pour con-
tenir sa rotondité, il résolut de s'emparer
des maisons et palais des autres châtelains
ses voisins, afin de respirer plus au large,
et d'en distribuer le butin à ses parens et
à ses collaborateurs, parce qu'il était bon
parent, et généreux envers les exécuteurs
de ses volontés.

Afin de suivre ses projets , il arma tous ceux qui avoient contribué à la dévastation, et fondit à l'improviste sur les châtelains étrangers les moins éloignés , s'empara de tout ce qu'il put rencontrer, et continua de cette manière à étendre son domaine. Fortement secondé par ceux qui avaient servi ses desseins et qui s'étaient enrichis dans le tumulte , il molesta les uns , dépouilla entièrement les autres , fit tant et tant de sottises ,que les murmures de l'indignation s'élevèrent autour de lui , et crûrent à un tel point, que les châtelains et les sujets dépouillés se réunirent, s'occupèrent des moyens de leur conservation et de ceux nécessaires pour l'anéantir.

Une ligue universelle eut lieu , et parvint, en peu de temps, à rétablir tout ce qu'il avait détruit en dix années. Poursuivi et battu de toutes parts, il fut obligé de capituler et d'abandonner la châtellenie.

Relégué dans une île escarpée, ses fidèles compagnons lui firent conserver de grands honneurs et des prérogatives considérables, mais le petit homme , grand architecte ,

né avec une ambition et un orgueil dé-
mésurés , concerta bientôt avec ses compagnons les plus affidés , dans le silence
des ténèbres , les moyens de faire éclater
sa vengeance , pour rentrer dans la châtellenie , et faire sauter le vieil édifice ,
plutôt que de se soumettre à l'ancien châtelain. Celui-ci , qui était rentré en possession , faisait déjà sentir sa bonté et la
justice de sa cause ; il oubliait les fautes
des ouvriers coupables , et cependant , au
milieu de la joie et des espérances du
bonheur qui se réalisaient chaque jour , on
vit le petit homme reparaître sur les terres
de la châtellenie , précédé des furies de
sa renommée , et se remettre de nouveau
en possession du château antique.

Le bon châtelain, obligé de se retirer,
laissa tous les bons ouvriers en pleurs et en
deuil. Ils allaient de nouveau subir le joug
du petit homme et de ses compagnons,
intéressés à conserver les fruits de leurs
brigandages , ils formaient des vœux au
maître des mondes , lorsqu'ils furent in-
formés que les châtelains voisins , qui
avaient souffert dans leurs intérêts et dans

leurs honneurs , au mépris des droits de propriété , et de la plus sacrée des conventions, se disposaient à attendre l'effet de sa témérité. En effet, il fondit de nouveau sur eux dans l'intention de les surprendre ; mais il ne fut pas cette fois assez secret ni assez vigilant. Les châtelains les plus voisins les virent arriver et firent les dispositions pour se garantir; ils s'élancèrent contre sa nouvelle aggression avec les armes de l'indignation; il fut vaincu dans le premier combat, et abandonna ses compagnons au milieu du carnage. Il arriva au château dans l'intention d'exciter les démolisseurs à se préparer à une nouvelle défense , à s'ensevelir sous les décombres de l'édifice , plutôt que de recevoir l'ancien châtelain; mais cette fois il ne put les mettre parfaitement d'accord.

Tandis que tous se débattaient sur les moyens d'arrêter la marche des vainqueurs, ont les vit arriver sous les murs du château. Tout présageait la fin du petit homme et la destruction de ses compagnons incendiaires; mais l'on vit paraître tout-à-coup, entre les deux armées , une Colombe

portant une branche de lys dans son bec.
Aussitôt la fureur se calma, la raison
reprit sa place, et la châtellenie fut encore
sauvée. Le petit homme, confus, inquiet,
cherla de nouveaux moyens pour se
soustraire aux dangers qui le mena-
çaient ; tout lui était propre pourvu
qu'il pût se conserver. Il fut surpris dans
sa fuite, et mis à la disposition des châtelains étrangers qu'il avait constamment
et si injustement provoqués. Ceux-ci, par
une nouvelle indulgence, se contentèrent
de l'envoyer porter ses remords dans les
pays éloignés, afin d'y ériger à loisir ses
folies en sagesse, et ses crimes en
perfections.

C'est ainsi que va le monde, de grandes
choses deviennent à rien, tandis que de
très-petites deviennent considérables.

Les Dieux ne changent pas les ordres
inconnus de leur providence pour nous
satisfaire ; c'est en pratiquant les vertus
et l'amour de l'humanité, que nous pou-
vons rendre heureuse notre destinée.

Le ciel, pour mieux châtier les coupables, les laisse régner quelques années.

www.ingramcontent.com/pod-product-compliance
Ingram Content Group UK Ltd.
Pitfield, Milton Keynes, MK11 3LW, UK
UKHW020206080726
13614UKWH00006B/2644